Arthur Schopenhauer · Eristische Dialektik

ARTHUR
SCHOPENHAUER

Eristische Dialektik
oder
Die Kunst, Recht zu behalten

in achtunddreißig
Kunstgriffen dargestellt

Kein & Aber

Die Complett-Ausgabe mit allen Bogen, Nebenbogen und Fußnoten von Schopenhauers eristischer Dialektik bei Kein & Aber.

Die Rechtschreibung entspricht dem von Arthur Hübscher herausgegebenen *handschriftlichen Nachlaß* von Arthur Schopenhauer (Dritter Band, Frankfurt/M 1970).

1. Auflage Oktober 2006
2. Auflage Februar 2007

Coverbild: Loriot
Covergestaltung: Iwan Bautz
Satz: Dörlemann Satz, Lemförde
Druck und Bindung: Ebner & Spiegel, Ulm
www.keinundaber.ch

ISBN 978-3-0369-6008-1

Inhalt

ERISTISCHE DIALEKTIK

Eristische Dialektik[1] ist die Kunst zu disputiren, und zwar so zu disputiren, daß man Recht behält, also *per fas et nefas* [mit Recht wie mit Unrecht].[2] Man kann nämlich in der Sache selbst *objective* Recht haben und doch in den Augen der Beisteher, ja bisweilen in seinen eignen, Unrecht behalten. Wann nämlich der Gegner meinen Beweis widerlegt, und dies als Widerlegung der Behauptung selbst gilt, für die es jedoch andre Beweise geben kann; in welchem Fall natürlich für den Gegner das Verhältniß umgekehrt ist: er behält Recht, bei objektivem Unrecht. Also die objektive Wahrheit eines Satzes und die Gültigkeit desselben in der Approbation der Streiter und Hörer sind zweierlei. (Auf letztere ist die Dialektik gerichtet.)

Woher kommt das? – Von der natürlichen Schlechtigkeit des menschlichen Geschlechts. Wäre diese nicht, wären wir von Grund aus ehrlich, so würden wir bei jeder Debatte bloß darauf ausgehn die Wahrheit zu Tage zu fördern, ganz unbekümmert ob solche unsrer zuerst aufgestellten Meinung oder der des Andern gemäß ausfiele: dies würde gleichgültig, oder wenigstens ganz und gar Nebensache seyn. Aber jetzt ist es Hauptsache. Die angeborne Eitelkeit, die besonders hinsichtlich der Verstandeskräfte reizbar ist, will nicht haben, daß was wir zuerst aufgestellt sich als falsch und das des Gegners als Recht ergebe. Hienach hätte nun zwar bloß Jeder sich zu bemühen nicht anders als richtig zu urtheilen: wozu er erst denken und nachher sprechen müßte. Aber zur angebornen Eitelkeit gesellt sich bei den Meisten Geschwäzzigkeit und angeborne *Unredlichkeit*. Sie reden ehe sie gedacht haben und wenn sie auch hinterher merken, daß ihre Behauptung falsch ist und sie Unrecht haben; so soll es doch *scheinen* als wäre es umgekehrt. Das Interesse für die Wahrheit, welches wohl meistens bei Aufstellung des vermeintlich wahren Satzes das einzige Motiv gewesen, weicht jetzt ganz dem Interesse der Eitelkeit: wahr soll falsch und falsch wahr scheinen.

Jedoch hat selbst diese Unredlichkeit, das Beharren bei einem Satz der uns selbst schon falsch scheint, noch eine Entschuldigung: oft sind wir anfangs von der Wahrheit unsrer Behauptung fest überzeugt: aber das Argument des Gegners scheint jetzt sie umzustoßen: geben wir jetzt ihre Sache gleich auf; so finden wir oft hinterher, daß wir doch Recht hatten: unser Beweis war falsch; aber es konnte für die Behauptung einen richtigen geben: das rettende Argument war uns nicht gleich beigefallen. Daher entsteht nun in uns die Maxime, selbst wann das Gegenargument richtig und schlagend scheint, doch noch dagegen anzukämpfen, im Glauben daß dessen Richtigkeit selbst nur scheinbar sei, und uns während des Disputirens noch ein Argument jenes umzustoßen oder eines unsre Wahrheit anderweitig zu bestätigen einfallen werde: hiedurch werden wir zur Unredlichkeit im Disputiren beinahe genöthigt, wenigstens leicht verführt. Diesergestalt unterstützen sich wechselseitig die Schwäche unsers Verstandes und die Verkehrtheit unsers Willens. Daraus kommt es daß wer disputirt in der Regel nicht für die Wahrheit, sondern für seinen Satz kämpft, wie *pro ara et focis* [für Heim & Herd], und *per fas et nefas* verfährt, ja wie gezeigt nicht anders kann.

Jeder also wird in der Regel wollen seine Behauptung durchsetzen selbst wann sie ihm für den Augenblick falsch oder zweifelhaft scheint.[3] Die Hülfsmittel hiezu giebt einem Jeden seine eigne Schlauheit und Schlechtigkeit einigermaaßen an die Hand: dies lehrt die tägliche Erfahrung beim Disputiren: es hat also jeder seine natürliche Dialektik, so wie er seine natürliche Logik hat. Allein jene leitet ihn lange nicht so sicher als diese. Gegen logische Gesetze denken, oder schließen, wird so leicht keiner: falsche Urtheile sind häufig, falsche Schlüsse höchst selten. Also Mangel an natürlicher Logik zeigt ein Mensch nicht leicht: hingegen wohl Mangel an natürlicher Dialektik:

sie ist eine ungleich ausgetheilte Naturgabe (hierin der Urtheilskraft gleich, die sehr ungleich ausgetheilt ist, die Vernunft eigentlich gleich). Denn durch bloß scheinbare Argumentation sich konfundiren, sich refutiren lassen, wo man eigentlich Recht hat, oder das umgekehrte, geschieht oft: und wer als Sieger aus einem Streit geht, verdankt es sehr oft, nicht sowohl der Richtigkeit seiner Urtheilskraft bei Aufstellung seines Satzes, als vielmehr der Schlauheit und Gewandheit mit der er ihn vertheidigte. Angeboren ist hier wie in allen Fällen das beste: jedoch kann Uebung und auch Nachdenken über die Wendungen durch die man den Gegner wirft, oder die er meistens gebraucht um zu werfen, viel beitragen in dieser Kunst Meister zu werden. Also wenn auch die Logik wohl keinen eigentlich praktischen Nutzen haben kann: so kann ihn die Dialektik allerdings haben. Mir scheint auch Aristoteles seine eigentliche Logik (Analytik) hauptsächlich als Grundlage und Vorbereitung zur Dialektik aufgestellt zu haben und diese ihm die Hauptsache gewesen zu seyn. Die Logik beschäftigt sich mit der bloßen Form der Sätze, die Dialektik mit ihrem Gehalt oder Materie, dem Inhalt: daher eben mußte die Betrachtung der Form als des allgemeinen der des Inhalts als des besonderen vorhergehn.

Aristoteles bestimmt den Zweck der Dialektik nicht so scharf wie ich gethan: er giebt zwar als Hauptzweck das Disputiren an, aber zugleich auch das Auffinden der Wahrheit: später sagt er wieder: man behandle die Sätze philosophisch nach der Wahrheit, dialektisch nach dem Schein oder Beifall, Meinung Andrer (δοξα), Top. 1, 12. Er ist sich der Unterscheidung und Trennung der objektiven Wahrheit eines Satzes von dem Geltendmachen desselben oder dem Erlangen der Approbation zwar bewußt: allein er hält sie nicht scharf genug auseinander um der Dialektik bloß letzteres anzuweisen.[4] Seinen Regeln zu letzterem Zweck sind daher oft welche zum ersteren eingemengt, Daher es mir scheint daß er seine Aufgabe nicht rein gelöst hat.[5]

Um die Dialektik rein aufzustellen muß man, unbekümmert um die objektive Wahrheit (welche Sache der Logik ist), sie bloß betrachten als die Kunst Recht zu behalten, welches freilich um so leichter seyn wird, wenn man in der Sache selbst Recht hat. Aber die Dialektik als solche bloß lehren, wie man sich gegen Angriffe aller Art, besonders gegen unredliche vertheidigt, und eben so wie man selbst angreifen kann, was der Andre behauptet, ohne sich selbst zu widersprechen und überhaupt ohne widerlegt zu werden. Man muß die Auffindung der objektiven Wahrheit rein trennen von der Kunst seine Sätze als wahr geltend zu machen: jenes ist Sache einer ganz andern πραγματεια [Betätigung], es ist das Werk der Urtheilskraft, des Nachdenkens, der Erfahrung, und giebt es dazu keine eigne Kunst: das 2te aber ist der Zweck der Dialektik. Man hat sie definirt als die Logik des Scheins: falsch: dann wäre sie bloß brauchbar zur Vertheidigung falscher Sätze: allein auch wenn man Recht hat, braucht man Dialektik es zu verfechten, und muß die unredlichen Kunstgriffe kennen, um ihnen zu begegnen: ja oft selbst welche brauchen, um den Gegner mit gleichen Waffen zu schlagen. Dieserhalb also muß bei der Dialektik die objektive Wahrheit bei Seite gesetzt oder als accidentell betrachtet werden: und bloß darauf gesehn werden, wie man seine Behauptungen vertheidigt und die des Andern umstößt: bei den Regeln hiezu darf man die objektive Wahrheit nicht berücksichtigen, weil meistens unbekannt ist wo sie liegt:[6] oft weiß man selbst nicht ob man Recht hat oder nicht, oft glaubt man es und irrt sich, oft glauben es beide Theile: denn *veritas est in puteo* (εν βυςῳ ἡ αληςεια [die Wahrheit ist in der Tiefe], Democrit): beim Entstehn des Streits glaubt in der Regel Jeder die Wahrheit auf seiner Seite zu haben: beim Fortgang werden beide zweifelhaft: das Ende soll eben erst die Wahrheit ausmachen, bestätigen. Also darauf hat sich die Dialektik nicht einzulassen: so wenig wie der Fechtmeister berücksichtigt wer bei dem Streit, der das Duell herbeiführte, eigentlich Recht hat: treffen und pariren, darauf kommt es an: eben so in der Dialektik: sie ist eine geistige Fechtkunst: nur so rein gefaßt, kann sie als eigne Disciplin aufgestellt werden: denn setzen wir uns zum Zweck die reine objektive Wahrheit, so kommen wir auf bloße Logik zurück: setzen wir hingegen zum Zweck die Durchführung falscher Sätze, so haben wir bloße Sophistik. Und bei beiden würde vorausgesetzt seyn, daß wir schon wüßten, was objektiv wahr und falsch ist: das ist aber selten zum Voraus gewiß. Der wahre Begriff der Dialektik ist also der aufgestellte: geistige Fechtkunst zum Rechtbehalten im Disputiren: obwohl der Name Eristik passender wäre: am richtigsten wohl Eristische Dialektik: *Dialectica eristica.* Und sie ist sehr nützlich: man hat sie mit Unrecht in neuern Zeiten vernachlässigt.

Da nun in diesem Sinne die Dialektik bloß eine auf System und Regel zurückgeführte Zusammenfassung und Darstellung jener von der Natur eingegebnen Künste seyn soll, deren sich die meisten Menschen bedienen, wenn sie merken, daß im Streit die Wahrheit nicht auf ihrer Seite liegt, um dennoch Recht zu behalten; – so würde es auch dieserhalb sehr zweckwidrig seyn wenn man in der wissenschaftlichen Dialektik auf die objektive Wahrheit und deren Zutageförderung Rücksicht nehmen wollte, da es in jener ursprünglichen und natürlichen Dialektik nicht geschieht, sondern das Ziel bloß das Rechthaben ist. Die wissenschaftliche Dialektik in unserm Sinne hat demnach zur Hauptaufgabe, *jene Kunstgriffe der Unredlichkeit im Disputiren aufzustellen und zu analysiren*: damit man bei wirklichen Debatten sie gleich erkenne und vernichte. Eben daher muß sie in ihrer Darstellung eingeständlich bloß das Rechthaben, nicht die objektive Wahrheit, zum Endzweck nehmen.

Mir ist nicht bekannt, daß in diesem Sinne etwas geleistet wäre obwohl ich mich weit und breit umgesehn habe:[7] es ist also ein noch unbebautes Feld. Um zum Zwecke zu kommen, müßte man aus der Erfahrung schöpfen, beachten, wie, bei den im Umgange häufig vorkommenden Debatten, dieser oder jener Kunstgriff von einem und dem andern Theil angewandt wird, sodann die unter andern Formen wiederkehrenden Kunstgriffe auf ihr Allgemeines zurückführen, und so gewisse allgemeine *Stratagemata* aufstellen, die dann sowohl zum eignen Gebrauch, als zum Vereiteln derselben, wenn der Andre sie braucht, nützlich wären.

Folgendes sei als e r s t e r V e r s u c h zu betrachten.

BASIS ALLER DIALEKTIK.

Zuvörderst ist zu betrachten das Wesentliche jeder Disputation, was eigentlich dabei vorgeht.

Der Gegner hat eine These aufgestellt (oder wir selbst, das ist gleich). Sie zu widerlegen giebts 2 Modi und 2 Wege.

1) Die Modi: a) *ad rem*, b) *ad hominem*, oder *ex concessis*: d.h. wir zeigen entweder daß der Satz nicht übereinstimmt mit der Natur der Dinge, der absoluten objektiven Wahrheit: oder aber nicht mit andern Behauptungen oder Einräumungen des Gegners, d.h. mit der relativen subjektiven Wahrheit: letzteres ist nur eine relative Ueberführung und macht nichts aus über die objektive Wahrheit.

2) Die Wege: a) direkte Widerlegung, b) indirekte. – Die direkte greift die These bei ihren Gründen an, die indirekte bei ihren

Folgen: die direkte zeigt, daß die These nicht wahr ist, die indirekte daß sie nicht wahr seyn kann.

1) Bei der direkten können wir zweierlei. Entweder wir zeigen, daß die Gründe seiner Behauptung falsch sind (*nego majorem; minorem* [ich bestreite den Obersatz; den Untersatz]): – oder wir geben die Gründe zu, zeigen aber daß die Behauptung nicht daraus folgt (*nego consequentiam* [ich bestreite die Schlußfolgerung]), greifen also die Konsequenz, die Form des Schlusses an.

2) Bei der indirekten Widerlegung gebrauchen wir entweder die Apagoge: oder die Instanz.

a) Apagoge: wir nehmen seinen Satz als wahr an: und nun zeigen wir was daraus folgt, wenn wir in Verbindung mit irgend einem andern als wahr anerkannten Satze selbigen als Prämisse zu einem Schlusse gebrauchen, und nun eine Konklusion entsteht, die offenbar falsch ist, indem sie entweder der Natur der Dinge, oder den andern Behauptungen des Gegners selbst widerspricht, also *ad rem* oder *ad hominem* falsch ist *(Socrates in Hippia maj. et alias)*: folglich auch der Satz falsch war: denn aus wahren Prämissen können nur wahre Sätze folgen: obwohl aus falschen nicht immer falsche.[8]

b) Die Instanz, ενστασις, *exemplum in contrarium*: Widerlegung des allgemeinen Satzes durch direkte Nachweisung einzelner unter seiner Aussage begriffner Fälle, von denen er doch nicht gilt, also selbst falsch seyn muß.

Dies ist das Grundgerüst, das Skelett jeder Disputation: wir haben also ihre Osteologie. Denn hierauf läuft im Grunde alles Disputiren zurück: aber dies alles kann wirklich oder nur scheinbar, mit ächten oder mit unächten Gründen geschehn: und weil hierüber nicht leicht etwas sicher auszumachen ist, sind die Debatten so lang und hartnäckig. Wir können auch bei der Anweisung das wahre und scheinbare nicht trennen, weil es eben nie zum voraus bei den Streitenden selbst gewiß ist: daher gebe ich die Kunstgriffe ohne Rücksicht ob man *objective* Recht oder

Unrecht hat: denn das kann man selbst nicht sicher wissen: und es soll ja erst durch den Streit ausgemacht werden. Uebrigens muß man, bei jeder Disputation oder Argumentation überhaupt, über irgend etwas einverstanden seyn, daraus man als einem Princip die vorliegende Frage beurtheilen will: *Contra negantem principia non est disputandum* [Mit einem, der die Anfangssätze bestreitet, ist nicht zu streiten].

Kunstgriff 1.

Die Erweiterung. Die Behauptung des Gegners über ihre natürliche Gränze hinausführen, sie möglichst allgemein deuten, in möglichst weitem Sinne nehmen und sie übertreiben; seine eigne dagegen in möglichst eingeschränktem Sinne, in möglichst enge Gränzen zusammenziehn: weil je allgemeiner eine Behauptung wird, desto mehreren Angriffen sie bloß steht. Das Gegenmittel ist die genaue Aufstellung des *puncti*

[Streitpunkts] oder *status controversiae* [der Streitlage].

Exempel 1. Ich sagte: »Die Engländer sind die erste Dramatische Nation.« – Der Gegner wollte eine *instantia* versuchen und erwiderte: »es wäre bekannt daß sie in der Musik folglich auch in der Oper nichts leisten könnten.« – Ich trieb ihn ab, durch die Erinnerung »daß Musik nicht unter dem Dramatischen begriffen sey; dies bezeichne bloß Tragödie und Komödie«: was er sehr wohl wußte, und nur versuchte meine Behauptung so zu verallgemeinern, daß sie alle Theatralischen Darstellungen folglich die Oper folglich die Musik begriffe, um mich dann sicher zu schlagen.

Man rette umgekehrt seine eigne Behauptung durch Verengerung derselben über die erste Absicht hinaus, wenn der gebrauchte Ausdruck es begünstigt.

Exempel 2. A sagt: »Der Friede von 1814 gab sogar allen Deutschen Hansestädten ihre Unabhängigkeit wieder.« – B giebt die *instantia in contrarium*, daß Danzig die ihm von Bonaparte verliehene Unabhängigkeit durch jenen Frieden verloren. – A rettet sich so: »Ich sagte allen Deutschen Hansestädten: Danzig war eine Pollnische Hansestadt.« Diesen Kunstgriff lehrt schon Aristoteles *Topica Lib.* VIII, c. 12, 11.

Exempel 3. *Lamark* (*Philosophie zoologique* Vol. 1, p. 203) spricht den Polypen alle Empfindung ab, weil sie keine Nerven haben. Nun aber ist es gewiß daß sie w a h r n e h m e n: denn sie gehn dem Lichte nach, indem sie sich künstlich von Zweig zu Zweig fortbewegen; – und sie haschen ihren Raub. Daher hat man angenommen, daß bei ihnen die Nervenmasse in der Masse des ganzen Körpers gleichmäßig verbreitet, gleichsam verschmolzen ist: denn sie haben offenbar Wahrnehmungen ohne gesonderte Sinnesorgane. Weil das dem *Lamark* seine Annahme umstößt, argumentiert er dialektisch so: »Dann müßten alle Theile des Körpers der Polypen jeder Art der Empfindung fähig seyn, und auch der Bewegung, des Willens, der Gedanken: Dann hätte der Polyp in jedem Punkt seines Körpers alle Organe des vollkommensten Thieres: jeder Punkt könnte sehn, riechen, schmecken, hören, u.s.w., ja denken, urtheilen, schließen: jede Partikel seines Köpers wäre ein vollkommnes Thier, und der Polyp selbst stände höher als der Mensch, da jedes Theilchen von ihm alle Fähigkeiten hätte, die der Mensch nur im Ganzen hat. – Es gäbe ferner keinen Grund, um was man vom Polypen behauptet nicht auch auf die Monade, das unvollkommenste aller Wesen, auszudehnen, und endlich auch auf die Pflanzen, die doch auch leben, u.s.w.–« – Durch Gebrauch solcher Dialektischen Kunstgriffe verräth ein Schriftsteller, daß er sich im Stillen bewußt ist, Unrecht zu haben. Weil man sagte: »ihr ganzer Leib hat Empfindung für das Licht, ist also nervenartig«: macht er daraus daß der ganze Leib denkt.

Kunstgriff 2.

Die Homonymie benutzen, um die aufgestellte Behauptung auch auf das auszudehnen, was außer dem gleichen Wort wenig oder nichts mit der in Rede stehenden Sache gemein hat, dies dann lukulent [klar] widerlegen, und so sich das Ansehn geben als habe man die Behauptung widerlegt.

Anmerkung. *Synonyma* sind 2 Worte für denselben Begriff: – *Homonyma* 2 Begriffe die durch dasselbe Wort bezeichnet werden. (Siehe *Aristot. Topica Lib.* 1. cap. 13). Tief, Schneidend, Hoch, bald von Körpern bald von Tönen gebraucht sind Homonyma. Ehrlich und Redlich Synonyma.

Man kann diesen Kunstgriff als identisch mit dem Sophisma *ex homonymia* betrachten: jedoch das offenbare Sophisma der Homonymie wird nicht im Ernst täuschen.

Omne lumen potest extingui
Intellectus est lumen
Intellectus potest extingui.

[Alles Licht kann ausgelöscht werden
Der Verstand ist ein Licht
Der Verstand kann ausgelöscht werden.]

Hier merkt man gleich daß 4 *termini* sind: *lumen* eigentlich und *lumen* bildlich verstanden. Aber bei feinen Fällen täuscht es allerdings, namentlich wo die Begriffe die durch denselben Ausdruck bezeichnet werden verwandt sind und in einander übergehn.

Exempel 1.[9]

A. Sie sind noch nicht eingeweiht in die Mysterien der Kantischen Philosophie.

B. Ach, wo Mysterien sind, davon will ich nichts wissen.

Exempel 2. Ich tadelte das Princip der Ehre, nach welchem man durch eine erhaltene Beleidigung ehrlos wird, es sei denn, daß man sie durch eine größere Beleidigung erwidere, oder durch Blut, das des Gegners oder sein eigenes, abwasche, als unverständig; als

Grund führte ich an, die wahre Ehre könne nicht verletzt werden durch das was man litte, sondern ganz allein durch das was man thäte; denn widerfahren könne Jedem Jedes. – Der Gegner machte den direkten Angriff auf den Grund: er zeigte mir lukulent, daß wenn einem Kaufmann Betrug oder Unrechtlichkeit, oder Nachlässigkeit in seinem Gewerbe fälschlich nachgesagt würde, dies ein Angriff auf seine Ehre sei, die hier verletzt würde, lediglich durch das was er leide, und die er nur herstellen könne, indem er solchen Angreifer zur Strafe und Widerruf brächte. –

Hier schob er also, durch die Homonymie, die Bürgerliche Ehre welche sonst Guter Name heißt und deren Verletzung durch Verläumdung geschieht, dem Begriff der ritterlichen Ehre unter, die sonst auch *point d'honneur* heißt und deren Verletzung durch Beleidigungen geschieht. Und weil ein Angriff auf erstere nicht unbeachtet zu lassen ist, sondern durch öffentliche Widerlegung abgewehrt werden muß; so müßte mit demselben Recht ein

Angriff auf letztere auch nicht unbeachtet bleiben, sondern abgewehrt werden durch stärkere Beleidigung und Duell. – Also ein Vermengen 2 wesentlich verschiedener Dinge durch die Homonymie des Wortes Ehre: und dadurch eine *mutatio controversiae* [Veränderung der Streitfrage], zu Wege gebracht durch die Homonymie.

Kunstgriff 3.

Die Behauptung[10] welche beziehungsweise, κατα τι, *relative* aufgestellt ist, nehmen, als sei sie allgemein, *simpliciter*, ἁπλως, *absolute* aufgestellt, oder wenigstens sie in einer ganz andern Beziehung auffassen, und dann sie in diesem Sinn widerlegen. Des Aristoteles Beispiel ist: der Mohr ist schwarz, hinsichtlich der Zähne aber weiß: also ist er schwarz und nicht schwarz zugleich. – Das ist ein ersonnenes Beispiel, das Niemand im Ernst täuschen wird: nehmen wir dagegen eines aus der wirklichen Erfahrung.

Exempel 1. In einem Gespräch über Philosophie gab ich zu, daß mein System die Quietisten in Schutz nehme und lobe. – Bald darauf kam die Rede auf *Hegel*, und ich behauptete er habe großentheils Unsinn geschrieben oder wenigstens wären viele Stellen seiner Schriften solche, wo der Autor die Worte setzt, und der Leser den Sinn setzen soll. – Der Gegner unternahm nicht dies *ad rem* zu widerlegen, sondern begnügte sich das *argumentum ad hominem* aufzustellen »ich hätte so eben die Quietisten gelobt, und diese hätten ebenfalls viel Unsinn geschrieben«. –

Ich gab dies zu, berichtigte ihn aber darin, daß ich die Quietisten nicht lobe als Philosophen und Schriftsteller, also nicht wegen ihrer theoretischen Leistungen, sondern nur als Menschen, wegen ihres Thuns, bloß in praktischer Hinsicht: bei Hegel aber sei die Rede von theoretischen Leistungen. – So war der Angriff parirt.

Die ersten drei Kunstgriffe sind verwandt: sie haben dies gemein daß der Gegner eigentlich von etwas anderm redet als aufgestellt worden: man begienge also eine *ignoratio elenchi* [Unkenntnis des Gegenbeweises], wenn man sich dadurch abfertigen ließe. – Denn in allen aufgestellten Beispielen ist was der Gegner sagt wahr: es steht aber nicht in wirklichem Widerspruch mit der These, sondern nur in scheinbarem; also negirt der von ihm Angegriffene die Consequenz seines Schlusses: nämlich den Schluß von der Wahrheit seines Satzes auf die Falschheit des unsrigen. Es ist also direkte Widerlegung seiner Widerlegung *per negationem consequentiae* [durch Bestreitung der Schlußfolgerung].

Wahre Prämissen nicht zugeben, weil man die Konsequenz vorhersieht. Dagegen also folgende zwei Mittel, Regel 4 und 5.

Kunstgriff 4.

Wenn man einen Schluß machen will, so lasse man denselben nicht vorhersehn, sondern lasse sich unvermerkt die Prämissen einzeln und zerstreut im Gespräch zugeben, sonst wird der Gegner allerhand Schikanen versuchen; oder wenn zweifelhaft ist, daß der Gegner sie zugebe, so stelle man die Prämissen dieser Prämissen auf; manche Prosyllogismen; lasse sich die Prämissen mehrerer solcher Prosyllogismen ohne Ordnung durcheinander zugeben, also verdecke sein Spiel, bis alles zugestanden ist, was man braucht. Führe also die Sache von Weitem herbei. Diese Regeln giebt *Arist: Topic: Lib:* VIII. c. 1.

Bedarf keines Exempels.

Kunstgriff 5.

Man kann zum Beweis seines Satzes auch falsche Vordersätze gebrauchen, wenn nämlich der Gegner die wahren nicht zugeben würde, entweder weil er ihre Wahrheit nicht einsieht, oder weil er sieht daß die Thesis sogleich daraus folgen würde: dann nehme man Sätze die an sich falsch, aber *ad hominem* wahr sind, und argumentire aus der Denkungsart des Gegners *ex concessis*. Denn das

Wahre kann auch aus falschen Prämissen folgen: wiewohl nie das falsche aus wahren. Eben so kann man falsche Sätze des Gegners durch andre falsche Sätze widerlegen, die er aber für wahr hält: denn man hat es mit ihm zu thun und muß seine Denkungsart gebrauchen. Z. B. ist er Anhänger irgend einer Sekte, der wir nicht beistimmen; so können wir gegen ihn die Aussprüche dieser Sekte, als *principia*, gebrauchen. *Arist: Top:* VIII, c. 9.

Kunstgriff 6.

Man macht eine versteckte *petitio principii*, indem man das was man zu beweisen hätte postulirt, entweder 1) unter einem andern Namen, z. B. statt Ehre guter Name, statt Jungfrauschaft Tugend u.s.w., auch Wechselbegriffe: – rothblütige Thiere, statt Wirbelthiere, 2) oder was im Einzelnen streitig ist, im Allgemeinen sich geben läßt, z. B. die Unsicherheit der Medicin behauptet, die Unsicherheit alles menschlichen Wissens postulirt: 3) Wenn *vice versa* 2 auseinander folgen, das eine zu beweisen ist; man postulirt das andre: 4) Wenn das Allgemeine zu beweisen und man jedes einzelne sich zugeben läßt. (Das umgekehrte von No. 2.) (*Arist: Top:* VIII, c. 11.)

Ueber die Uebung zur Dialektik enthält gute Regeln das letzte Kapitel der *Topica* des *Aristoteles.*

Kunstgriff 7.

Wenn die Disputation etwas streng und formell geführt wird und man sich recht deutlich verständigen will; so verfährt der welcher die Behauptung aufgestellt hat und sie beweisen soll gegen seinen Gegner fragend um aus seinen eignen Zugeständnissen die Wahrheit der Behauptung zu schließen. Diese erotematische Methode war besonders bei den Alten im Gebrauch (heißt auch Sokratische): auf dieselbe bezieht sich der gegenwärtige Kunstgriff und einige später folgende. (Sämmtlich frei bearbeitet nach des Aristoteles *Liber de elenchis sophisticis* c. 15.)

Viel auf ein Mal und weitläufig fragen, um das was man eigentlich zugestanden haben will zu verbergen. – Dagegen seine Argumentation aus dem zugestandenen schnell vortragen: denn die langsam von Verständniß sind, können nicht genau folgen und übersehn die etwanigen Fehler oder Lücken in der Beweisführung.

Kunstgriff 8.

Den Gegner zum Zorn reizen: denn im Zorn ist er außer Stand richtig zu urtheilen und seinen Vortheil wahrzunehmen. Man bringt ihn in Zorn dadurch daß man unverhohlen ihm Unrecht thut und schikanirt und überhaupt unverschämt ist.

Kunstgriff 9.

Die Fragen nicht in der Ordnung thun, die der daraus zu ziehende Schluß erfordert, sondern in allerhand Versetzungen: er weiß dann nicht wo man hinaus will und kann nicht vorbauen: auch kann man dann seine Antworten zu verschiedenen Schlüssen benutzen, sogar zu entgegengesetzten, je nachdem sie ausfallen. Dies ist dem Kunstgriff 4 verwandt, daß man sein Verfahren maskiren soll.

Kunstgriff 10.

Wenn man merkt daß der Gegner die Fragen, deren Bejahung für unsern Satz zu brauchen wäre, absichtlich verneint, so muß man das Gegentheil des zu gebrauchenden Satzes fragen, als wollte man das bejaht wissen, oder wenigstens ihm beides zur Wahl vorlegen, so daß er nicht merkt welchen Satz man bejaht haben will.

Kunstgriff 11.

Machen wir eine Induktion und er gesteht uns die einzelnen Fälle, durch die sie aufgestellt werden soll, zu; so müssen wir ihn nicht fragen, ob er auch die aus diesen Fällen hervorgehende allgemeine Wahrheit zugebe; sondern sie nachher als ausgemacht und zugestanden einführen: denn bisweilen wird er dann selbst glauben sie zugegeben zu haben, und auch den Zuhörern wird es so vorkommen, weil sie sich der vielen Fragen nach den einzelnen Fällen erinnern, die denn doch zum Zweck geführt haben müssen.

Kunstgriff 12.

Ist die Rede über einen allgemeinen Begriff der keinen eignen Namen hat, sondern tropisch durch ein Gleichniß bezeichnet werden muß; so müssen wir das Gleichniß gleich so wählen, daß es unsrer Behauptung günstig ist. So sind z.B. in Spanien die Namen, dadurch die beiden Politischen Partheien bezeichnet werden, *serviles* und *liberales* gewiß von letztern gewählt.

Der Name Protestanten ist von diesen gewählt, auch der Name Evangelische: der Name Ketzer aber von den Katholiken.

Es gilt vom Namen der Sachen auch wo sie mehr eigentlich sind: z. B. hat der Gegner irgend eine Veränderung vorgeschlagen, so nenne man sie »Neuerung«: denn dies Wort ist gehässig. Umgekehrt wenn man selbst der Vorschläger ist. – Im erstern Fall nenne man als Gegensatz die »bestehende Ordnung«, im zweiten »den Bocksbeutel«. – Was ein ganz Absichtsloser und Unparteiischer etwa »Kultus« oder »öffentliche Glaubenslehre« nennen würde; das nennt Einer der für sie sprechen will »Frömmigkeit«, »Gottseligkeit« und ein Gegner desselben »Bigottrie«, »Superstition«. Im Grunde ist dies eine feine *petitio principii*: was man erst darthun will, legt man zum voraus ins Wort, in die Benennung, aus welcher es dann durch ein bloß analytisches Urtheil hervorgeht.

Was der Eine »sich seiner Person versichern«, »in Gewahrsam bringen« nennt, heißt sein Gegner »Einsperren«. – Ein Redner verräth oft schon zum Voraus seine Absicht durch die Namen, die er den Sachen giebt. – Der Eine sagt »die Geistlichkeit« – der Andre »die Pfaffen«. Unter allen Kunstgriffen wird dieser am häufigsten gebraucht, instinktmäßig. Glaubenseifer ≅ Fanatismus. – Fehltritt oder Galanterie ≅ Ehebruch – Aequivoken ≅ Zoten. – Dérangirt ≅ Bankerott. – »Durch Einfluß und Konnexion« ≅ »durch Bestechung und Nepotismus«. – »Aufrichtige Erkenntlichkeit« ≅ »gute Bezahlung«. –

Kunstgriff 13.

Um zu machen daß er einen Satz annimmt, müssen wir das Gegentheil dazu geben und ihm die Wahl lassen, und dies Gegentheil recht grell aussprechen, so daß er um nicht paradox zu seyn, in unsern Satz eingehn muß, der ganz probabel dagegen aussieht.

Z. B. Er soll zugeben, daß Einer Alles thun muß was ihm sein Vater sagt: so fragen wir: »soll man in allen Dingen den Eltern ungehorsam oder gehorsam seyn?« – Oder ist von irgend einer Sache gesagt »Oft«; so fragen wir ob unter »oft« wenige Fälle oder viel verstanden sind: er wird sagen »viele«. Es ist wie wenn man Grau neben Schwarz legt, so kann es weiß heißen; und legt man es neben Weiß, so kann es schwarz heißen.

Kunstgriff 14.

Ein unverschämter Streich ist es, wenn man nach mehreren Fragen die er beantwortet hat, ohne daß die Antworten zu Gunsten des Schlusses den wir beabsichtigen ausgefallen wären, nun den Schlußsatz, den man dadurch herbeiführen will, obgleich er gar nicht daraus folgt, dennoch als dadurch bewiesen aufstellt und triumphirend ausschreit. Wenn der Gegner schüchtern oder dumm ist, und man selbst viel Unverschämtheit und eine gute Stimme hat, so kann das recht gut gelingen. Gehört zur *fallacia non causae ut causae* [Täuschung durch Annahme des Nicht-Grundes als Grund].

Kunstgriff 15.

Wenn wir einen paradoxen Satz aufgestellt haben, um dessen Beweis wir verlegen sind; so legen wir dem Gegner irgend einen richtigen, aber doch nicht ganz handgreiflichen richtigen Satz zur Annahme oder Verwerfung vor, als wollten wir daraus den Beweis schöpfen: verwirft er ihn aus Argwohn, so führen wir ihn *ad absurdum* und triumphiren: nimmt er ihn aber an, – so haben wir vor der Hand etwas vernünftiges gesagt, und müssen nun weiter sehn. Oder wir fügen nun den vorhergehenden Kunstgriff hinzu und behaupten nun, daraus sei unser Paradoxon bewiesen. Hiezu gehört die äußerste Unverschämtheit: aber es kommt in der Erfahrung vor: und es giebt Leute die dies alles instinktmäßig ausüben.

Kunstgriff 16.

Argumenta ad hominem oder *ex concessis*. Bei einer Behauptung des Gegners müssen wir suchen ob sie nicht etwa irgendwie, nöthigenfalls auch nur scheinbar, im Widerspruch steht mit irgend etwas das er früher gesagt oder zugegeben hat, oder mit den Satzungen einer Schule oder Sekte die er gelobt und gebilligt hat, oder mit dem Thun der Anhänger dieser Sekte, oder auch nur der unächten und scheinbaren Anhänger, oder mit seinem eignen Thun und Lassen. Vertheidigt er z. B. den Selbstmord, so schreit man gleich »warum hängst du dich nicht auf?« Oder er behauptet z. B., Berlin sei ein unangenehmer Aufenthalt: gleich schreit man: warum fährst du nicht gleich mit der ersten Schnellpost ab?

Es wird sich doch irgendwie eine Schikane herausklauben lassen.

Kunstgriff 17.

Wenn der Gegner uns durch einen Gegenbeweis bedrängt, so werden wir uns oft retten können durch eine feine Unterscheidung, an die wir früher freilich nicht gedacht haben, wenn die Sache irgend eine doppelte Bedeutung oder einen doppelten Fall zuläßt.

Kunstgriff 18.

Merken wir daß der Gegner eine Argumentation ergriffen hat, mit der er uns schlagen wird; so müssen wir es nicht dahin kommen lassen, ihn solche nicht zu Ende führen lassen, sondern beizeiten den Gang des Disputation unterbrechen, abspringen oder ablenken, und auf andre Sätze führen: kurz eine *mutatio controversiae* zu Wege bringen.

Kunstgriff 19.

Fordert der Gegner uns ausdrücklich auf gegen irgend einen bestimmten Punkt seiner Behauptung etwas vorzubringen; wir haben aber nichts rechtes; so müssen wir die Sache recht ins Allgemeine spielen und dann gegen dieses reden. Wir sollen sagen warum einer bestimmten physikalischen Hypothese nicht zu trauen ist: so reden wir über die Trüglichkeit des menschlichen Wissens und erläutern sie an allerhand.

Kunstgriff 20.

Wenn wir ihm die Vordersätze abgefragt haben und er sie zugegeben hat, müssen wir den Schluß daraus, nicht etwa auch noch fragen, sondern gradezu selbst ziehn: ja sogar wenn von den Vordersätzen noch einer oder der andre fehlt, so nehmen wir ihn doch als gleichfalls eingeräumt an und ziehn den Schluß. Welches dann eine

Anwendung der *fallacia non causae ut causae* ist.

Kunstgriff 21.

Bei einem bloß scheinbaren oder sophistischen Argument des Gegners, welches wir durchschauen, können wir zwar es auflösen durch Auseinandersetzung seiner Verfänglichkeit und Scheinbarkeit; allein besser ist es, ihm mit einem eben so scheinbaren und sophistischen Gegenargument zu begegnen und so abzufertigen. Denn es kommt ja nicht auf die Wahrheit, sondern den Sieg an. Giebt er z.B. ein *argumentum ad hominem*, so ist es hinreichend es durch ein Gegenargument *ad hominem (ex concessis)* zu entkräftigen: und überhaupt ist es kürzer, statt einer langen Auseinandersetzung der wahren Beschaffenheit der Sache, ein *argumentum ad hominem* zu geben, wenn es sich darbietet.

Kunstgriff 22.

Fordert er daß wir etwas zugeben, daraus das in Streit stehende Problem unmittelbar folgen würde; so lehnen wir es ab, indem wir es für eine *petitio principii* ausgeben; denn er und die Zuhörer werden einen dem Problem nahe verwandten Satz leicht als mit dem Problem identisch ansehn: und so entziehn wir ihm sein bestes Argument.

Kunstgriff 23.

Der Widerspruch und der Streit reizt zur Uebertreibung der Behauptung. Wir können also den Gegner durch Widerspruch reizen, eine an sich und in gehöriger Einschränkung allenfalls wahre Behauptung über die Wahrheit hinaus zu steigern: und wenn wir nun diese Uebertreibung widerlegt haben; so sieht es aus, als hätten wir auch seinen ursprünglichen Satz widerlegt. Dagegen haben wir selbst uns zu hüten, nicht uns durch

Widerspruch zur Uebertreibung oder weitern Ausdehnung unsers Satzes verleiten zu lassen. Oft auch wird der Gegner selbst unmittelbar suchen unsre Behauptung weiter auszudehnen als wir sie gestellt haben: dem müssen wir dann gleich Einhalt thun, und ihn auf die Grenzlinie unsrer Behauptung zurückführen mit »so viel habe ich gesagt und nicht mehr«. –

Kunstgriff 24.

Die Konsequenzmacherei. Man erzwingt aus dem Satze des Gegners, durch falsche Folgerungen und Verdrehung der Begriffe, Sätze die nicht darin liegen und gar nicht die Meinung des Gegners sind, hingegen absurd oder gefährlich sind: da es nun scheint daß aus seinem Satze solche Sätze, die entweder sich selbst oder anerkannten Wahrheiten widersprechen, hervorgehn; so gilt dies für eine indirekte Widerlegung, *apagoge*: und ist wieder eine Anwendung der *fallacia non causae ut causae.*

Kunstgriff 25.

Er betrifft die Apagoge durch eine Instanz, *exemplum in contrarium*. Die επαγωγη, *inductio* bedarf einer großen Menge Fälle, um ihren allgemeinen Satz aufzustellen: die απαγωγη braucht nur einen einzigen Fall aufzustellen zu dem der Satz nicht paßt und er ist umgeworfen: ein solcher Fall heißt Instanz, ενστασις, *exemplum in contrarium, instantia*. Z. B. der Satz: »alle Wiederkäuer sind gehörnt« wird umgestoßen durch die einzige Instanz der Kameele.

Die Instanz ist ein Fall der Anwendung der allgemeinen Wahrheit, etwas unter den Hauptbegriff derselben zu subsumirendes, davon aber jene Wahrheit nicht gilt, und dadurch ganz umgestoßen wird. Allein dabei können Täuschungen vorgehn: wir haben also bei Instanzen, die der Gegner macht, folgendes zu beachten: 1) ob das Beispiel auch wirklich wahr ist: es giebt Probleme deren einzig wahre Lösung die ist, daß der Fall nicht wahr ist: z. B. viele Wunder,

Geistergeschichten u.s.w.; 2) ob es auch wirklich unter den Begriff der aufgestellten Wahrheit gehört: das ist oft nur scheinbar und durch eine scharfe Distinktion zu lösen; 3) ob es auch wirklich in Widerspruch steht mit der aufgestellten Wahrheit: auch dies ist oft nur scheinbar.

Kunstgriff 26.

Ein brillianter Streich ist die *retorsio argumenti*: wenn das Argument, das er für sich gebrauchen will, besser gegen ihn gebraucht werden kann: z. B. er sagt: »es ist ein Kind, man muß ihm was zu gute halten«: *retorsio* »eben weil es ein Kind ist, muß man es züchtigen, damit es nicht verhärte in seinen bösen Angewohnheiten«.

Kunstgriff 27.

Wird bei einem Argument der Gegner unerwartet böse, so muß man dieses Argument eifrig urgiren: nicht bloß weil es gut ist ihn in Zorn zu versetzen, sondern weil zu vermuthen ist, daß man die schwache Seite seines Gedankenganges berührt hat und ihm an dieser Stelle wohl noch mehr anzuhaben ist, als man vor der Hand selber sieht.

Kunstgriff 28.

Dieser ist hauptsächlich anwendbar, wenn Gelehrte vor ungelehrten Zuhörern streiten. Wenn man kein *argumentum ad rem* hat und auch nicht einmal eines *ad hominem*, so macht man eines *ad auditores*, d.h. einen ungültigen Einwurf, dessen Ungültigkeit aber nur der Sachkundige einsieht: ein solcher ist der Gegner, aber die Hörer nicht: er wird also in ihren Augen geschlagen, zumal wenn der Einwurf seine Behauptung irgendwie in ein lächerliches Licht stellt: zum Lachen sind die Leute gleich bereit: und man hat die Lacher auf seiner Seite. Die Nichtigkeit des Einwurfs zu zeigen, müßte der Gegner eine lange Auseinandersetzung machen und auf die Principien der Wissenschaft oder sonstige Angelegenheit zurückgehn: dazu findet er nicht leicht Gehör.

Exempel. Der Gegner sagt: bei der Bildung des Urgebirgs, war die Masse aus welcher der Granit und alles übrige Urgebirg krystallisirte flüssig durch Wärme, also geschmolzen: die Wärme mußte etwa 200° R seyn: die Masse krystallisirte unter der sie bedeckenden Meeresfläche. – Wir machen das *argumentum ad auditores*, daß bei jener Temperatur, ja schon lange vorher bei 80°, das Meer längst verkocht wäre und in der Luft schwebte als Dunst. – Die Zuhörer lachen. Um uns zu schlagen, hätte er zu zeigen, daß der Siedepunkt nicht allein von dem Wärmegrad, sondern eben so sehr vom Druck der Atmosphäre abhängt: und dieser, sobald etwa das halbe Meereswasser in Dunstgestalt schwebt, sosehr erhöht ist, daß auch bei 200° R noch kein Kochen statt findet. – Aber dazu kommt er nicht, da es bei Nichtphysikern einer Abhandlung bedarf. –

(*Mitscherlich*, Abhdl. d. Berl. Akad. 1822.)

Kunstgriff 29.

Merkt man daß man geschlagen wird; so macht man eine Diversion: d.h. fängt mit einem Male von etwas ganz anderm an, als gehörte es zur Sache und wäre ein Argument gegen den Gegner. Dies geschieht mit einiger Bescheidenheit wenn die Diversion doch noch überhaupt das *thema quaestionis* betrifft; unverschämt, wenn es bloß den Gegner angeht und gar nicht von der Sache redet.

Z.B. Ich lobte daß in China kein Geburtsadel sei und die Aemter nur in Folge von *Examina* ertheilt werden. Mein Gegner behauptete daß Gelehrsamkeit eben so wenig als Vorzüge der Geburt (von denen er etwas hielt) zu Aemtern fähig machte. – Nun gieng es für ihn schief. Sogleich machte er die Diversion, daß in China alle Stände mit der Bastonade gestraft werden, welches er mit dem vielen Theetrinken in Verbindung brachte und beides den Chinesen zum Vorwurf machte. – Wer nun gleich auf alles sich einließe, würde sich dadurch haben ableiten lassen und den schon errungenen Sieg aus den Händen gelassen haben.

Unverschämt ist die Diversion wenn sie die Sache *quaestionis* ganz und gar verläßt, und etwa anhebt: »ja, und so behaupteten Sie neulich ebenfalls etc. – – –« Denn da gehört sie gewissermaßen zum »Persönlichwerden«, davon in dem letzten Kunstgriff die Rede seyn wird. Sie ist genau genommen eine Mittelstufe zwischen dem daselbst zu erörternden *argumentum ad personam* und dem *argumentum ad hominem*. –

Wie sehr gleichsam angeboren dieser Kunstgriff sei, zeigt jeder Zank zwischen gemeinen Leuten: wenn nämlich Einer dem

Andern persönliche Vorwürfe macht; so antwortet dieser nicht etwa durch Widerlegung derselben; sondern durch persönliche Vorwürfe die er dem Ersten macht, die ihm selbst gemachten stehn lassend, also gleichsam zugebend. Er macht es wie Scipio der die Karthager nicht in Italien sondern in Afrika angriff. Im Kriege mag solche Diversion zu Zeiten taugen. Im Zanken ist sie schlecht, weil man die empfangenen Vorwürfe stehn läßt, und der Zuhörer alles Schlechte von beiden Partheien erfährt. Im Disputiren ist sie *faute de mieux* [in Ermangelung eines Besseren] gebräuchlich.

Kunstgriff 30.

Das *argumentum ad verecundiam* [an die Ehrfurcht gerichtete Argument]. Statt der Gründe brauche man Autoritäten nach Maaßgabe der Kenntnisse des Gegners. – *Unusquisque mavult credere quam judicare* [jeder will lieber glauben als urteilen]: sagt *Seneca*: man hat also leichtes Spiel, wenn man eine Autorität für sich hat, die der Gegner respektirt. Es wird aber für ihn desto mehr gültige Autoritäten geben, je beschränkter seine Kenntnisse und Fähigkeiten sind. Sind etwa diese vom ersten Rang, so wird es höchst wenige und fast gar keine Autoritäten für ihn geben. Allenfalls wird er die der Leute vom Fach in einer ihm wenig oder gar nicht bekannten Wissenschaft, Kunst, oder Handwerk gelten lassen: und auch diese mit Mißtrauen. Hingegen haben die gewöhnlichen Leute tiefen Respekt für die Leute vom Fach jeder Art. Sie wissen nicht daß wer Profession von der Sache macht, nicht die Sache liebt, sondern seinen Erwerb: – noch daß wer eine Sache lehrt, sie selten gründlich weiß, denn wer sie gründlich studirt, dem bleibt meistens keine Zeit zum lehren übrig. Allein für das *Vulgus* giebt es gar viele Autoritäten die Respekt finden: hat man daher keine ganz passende; so nehme man eine scheinbar passende, führe an, was Einer in einem andern Sinn, oder in andern Verhältnissen gesagt hat. Autoritäten, die der Gegner gar nicht versteht, wirken meistens am meisten. Ungelehrte haben einen eignen Respekt vor Griechischen und Lateinischen Floskeln. Auch kann man die Autoritäten nöthigenfalls nicht bloß verdrehen sondern gradezu verfälschen, oder gar welche anführen die ganz aus eigner Erfingung sind: meistens hat er das Buch nicht zur Hand und weiß es auch nicht zu handhaben. Das schönste Beispiel hiezu giebt der Französische Curé, der, um nicht, wie die andern Bürger mußten, die Straße vor seinem Hause zu pflastern, einen Biblischen Spruch anführte: *paveant illi, ego non pavebo* [Mögen jene beben, ich werde nicht beben. Was aber von den lateinunkundigen Zuhörern von frz. *paver* = pflastern hergeleitet wurde]. Das überzeugte die Gemeinde-Vorsteher. Auch sind allgemeine Vorurtheile als Autoritäten zu gebrauchen. Denn die meisten denken mit Aristoteles ἅ μεν πολλοις δοκει ταυτα γε ειναι φαμεν [was vielen richtig scheint, das, sagen wir, ist][11]: ja, es giebt keine noch so absurde Meinung, die die Menschen nicht leicht zu der ihrigen machten, sobald man es dahin gebracht hat sie zu überreden, daß solche allgemein angenommen sei. Das Beispiel wirkt auf ihr Denken, wie auf ihr Thun. Sie sind Schaafe die dem Leithammel nachgehn, wohin er auch führt: es ist ihnen leichter zu sterben als zu denken. Es ist sehr seltsam daß die Allgemeinheit einer Meinung so viel Gewicht bei ihnen hat, da sie doch an sich selbst sehn können, wie ganz ohne Urtheil und bloß kraft des Beispiels man Meinungen annimmt. Aber das sehn sie nicht, weil alle Selbstkenntniß ihnen abgeht. – Nur die Auserlesenen sagen mit Plato τοις πολλοις πολλα δοκει [Die Vielen haben viele Meinungen][12], d. h. das *Vulgus* hat viele Flausen im Kopfe, und wollte man sich daran kehren, hätte man viel zu thun.

Die Allgemeinheit einer Meinung ist, im Ernst geredet, kein Beweis, ja nicht einmal ein Wahrscheinlichkeitsgrund ihrer Richtigkeit. Die welche es behaupten, müssen annehmen 1) daß die Entfernung in der Zeit jener Allgemeinheit ihre Beweiskraft raubt: sonst müßten sie alle alten Irrthümer zurückrufen, die einmal allgemein für Wahrheiten galten: z. B. das Ptolemäische System, oder in allen protestantischen Ländern den Katholicismus herstellen: – 2) daß die Entfernung im Raum dasselbe leistet: sonst wird sie die Allgemeinheit der Meinung in den Bekennern des Buddhaismus, des Christenthums, und des Islams in Verlegenheit setzen. (Nach *Bentham, Tactique des assemblées législatives*, Vol. 2, p. 76.)

Was man so die allgemeine Meinung nennt, ist, beim Licht betrachtet, die Meinung Zweier oder Dreier Personen; und davon würden wir uns überzeugen, wenn wir der Entstehungsart so einer allgemeingültigen Meinung zusehn könnten. Wir würden dann finden, daß Zwei oder Drei Leute es sind, die solche zuerst annahmen oder aufstellten und behaupteten, und denen man so gütig war zuzutrauen, daß sie solche recht gründlich geprüft hätten: auf das Vorurtheil der hinlänglichen Fähigkeit dieser nahmen, zuerst einige Andre die Meinung ebenfalls an: diesen wiederum glaubten Viele andre, deren Trägheit ihnen anrieth, lieber gleich zu glauben, als erst mühsam zu prüfen. So wuchs von Tag zu Tag die Zahl solcher trägen und leichtgläubigen Anhänger: denn hatte die Meinung erst eine gute Anzahl Stimmen für sich; so schrieben die Folgenden dies dem zu, daß sie solche nur durch die Triftigkeit ihrer Gründe hätte erlangen können. Die noch Uebrigen waren jetzt genöthigt gelten zu lassen was allgemein galt, um nicht für unruhige Köpfe zu gelten, die sich gegen allgemeingültige Meinungen auflehnten, und naseweise Bursche, die klüger seyn wollten als alle Welt. Jetzt wurde die Beistimmung zur Pflicht. Nunmehr müssen die Wenigen welche zu urtheilen fähig sind, schweigen: und die da reden dürfen, sind, solche, welche völlig unfähig eigne Meinungen und eignes Urtheil zu haben, das bloße Echo fremder Meinung sind: jedoch sind sie desto eifrigere und unduldsamere Vertheidiger derselben. Denn sie hassen am Andersdenkenden nicht sowohl die andre Meinung zu der er sich bekennt, als die Vermessenheit selbst urtheilen zu wollen; was sie ja doch selbst nie unternehmen und im Stillen sich dessen bewußt sind. – Kurzum Denken können sehr Wenige, aber Meinungen wollen Alle haben: was bleibt da anderes übrig als daß sie solche, statt sie sich selber zu machen, ganz fertig von Andern aufnehmen? – Da es so zugeht, was gilt noch die Stimme von hundert Millionen Menschen? – So viel wie etwa ein historisches Faktum, das man in 100 Geschichtsschreibern findet, dann aber nachweist, daß sie alle einer den andern ausgeschrieben haben, wodurch zuletzt alles auf die Aussage eines Einzigen zurückläuft. (Nach *Bayle, Pensées sur les Comètes*, Vol. I, p. 10.)

> *»Dico ego, tu dicis, sed denique dixit et ille:*
> *Dictaque post toties, nil nisi dicta vides.»*
> [»Ich sag' es, du sagst es, doch schließlich sagt es auch jener
> Hat man so oft es gesagt, bleibt nur noch Sage zu sehn.«]

Nichts desto weniger kann man im Streit mit gewöhnlichen Leuten die allgemeine Meinung als Autorität gebrauchen. –

Ueberhaupt wird man finden, daß wenn zwei gewöhnliche Köpfe mit einander streiten, meistens die gemeinsam von ihnen erwählte Waffe Autoritäten sind: damit schlagen sie aufeinander los. – Hat der bessere Kopf mit einem solchen zu thun, so ist das Räthlichste, daß er sich auch zu dieser Waffe bequeme, sie auslesend nach Maasgabe der Blößen seines Gegners. Denn gegen die Waffe der Gründe ist dieser, *ex hypothesi*, ein gehörnter Siegfried, eingetaucht in die Fluth der Unfähigkeit zu denken und zu urtheilen.

Vor Gericht wird eigentlich nur mit Autoritäten gestritten, die Autorität der Gesetze die fest steht: das Geschäft der Urtheilskraft ist das Auffinden des Gesetzes d. h. der Autorität die im gegebenen Fall Anwendung findet. Die Dialektik hat aber Spielraum genug, indem, erforderlichen Falls, der Fall und ein Gesetz, die nicht eigentlich zu einander passen, gedreht werden, bis man sie für zu einander passend ansieht: auch umgekehrt.

Kunstgriff 31.

Wo man gegen die dargelegten Gründe des Gegners nichts vorzubringen weiß, erkläre man sich mit feiner Ironie für inkompetent: »was Sie da sagen, übersteigt meine schwache Fassungskraft: es mag sehr richtig seyn; allein ich kann es nicht verstehn, und begebe mich alles Urtheils.« – Dadurch insinuirt man den Zuhörern, bei denen man in Ansehn steht, daß es Unsinn ist. So erklärten beim Erscheinen der Kritik der reinen Vernunft oder vielmehr beim Anfang ihres erregten Aufsehns viele Professoren von der alten eklektischen Schule »wir verstehn das nicht«, und glaubten sie dadurch abgethan zu haben. – Als aber einige Anhänger der neuen Schule ihnen zeigten, daß sie Recht hätten und es wirklich nur nicht verständen, wurden sie sehr übler Laune.

Man darf den Kunstgriff nur da brauchen, wo man sicher ist, bei den Zuhörern in entschieden höherm Ansehn zu stehn als der Gegner: z.B. ein Professor gegen einen Studenten. Eigentlich gehört dies zum vorigen Kunstgriff und ist ein Geltendmachen der eignen Autorität, statt der Gründe, auf besonders maliciöse Weise. – Der Gegenstreich ist: »Erlauben Sie, bei Ihrer großen Penetration, muß es Ihnen ein leichtes seyn zu verstehn, und kann nur meine schlechte Darstellung Schuld seyn«, – und nun ihm die Sache so ins Maul schmieren, daß er sie *nolens volens* verstehn muß und klar wird, daß er sie vorhin wirklich nur nicht verstand. – So ist's retorquirt: er wollte uns »Unsinn« insinuiren: wir haben ihm »Unverstand« bewiesen. Beides mit höchster Höflichkeit.

Kunstgriff 32.

Eine uns entgegenstehende Behauptung des Gegners können wir auf eine kurze Weise dadurch beseitigen oder wenigstens verdächtig machen daß wir sie unter eine verhaßte Kategorie bringen, wenn sie auch nur durch eine Aehnlichkeit oder sonst lose mit ihr zusammenhängt: z. B. »das ist Manichäismus, das ist Arianismus; das ist Pelagianismus; das ist Idealismus; das ist Spinozismus; das ist Pantheismus; das ist Brownianismus; das ist Naturalismus; das ist Atheismus; das ist Rationalismus; das ist Spiritualismus; das ist Mysticismus; u.s.w.« – Wir nehmen dabei zweierlei an: 1) daß jene Behauptung wirklich identisch oder wenigstens enthalten sei in jener Kategorie, rufen also aus: oh, das kennen wir schon! – und 2) daß diese Kategorie schon ganz widerlegt sei und kein wahres Wort enthalten könne. –

Kunstgriff 33.

»Das mag in der Theorie richtig seyn; in der Praxis ist es falsch.« – Durch dieses Sophisma giebt man die Gründe zu und leugnet doch die Folgen; im Widerspruch mit der Regel *a ratione ad rationatum valet consequentia* [vom Grund auf die Folge ist die Schlußfolgerung zwingend]. – Jene Behauptung setzt eine Unmöglichkeit: was in der Theorie richtig ist, muß auch in der Praxis zutreffen: trifft es nicht zu, so liegt ein Fehler in der Theorie, irgend etwas ist übersehn und nicht in Anschlag gebracht worden, folglich ist's auch in der Theorie falsch.

Kunstgriff 34.

Wenn der Gegner auf eine Frage oder Argument keine direkte Antwort oder Bescheid giebt, sondern durch eine Gegenfrage, oder eine indirekte Antwort, oder gar etwas nicht zur Sache Gehöriges ausweicht und wo anders hinwill; so ist dies ein sicheres Zeichen, daß wir (bisweilen ohne es zu wissen) auf einen faulen Fleck getroffen haben: es ist ein relatives Verstummen seinerseits. Der von uns angeregte Punkt ist also zu urgiren und der Gegner nicht vom Fleck zu lassen; selbst dann wann wir noch nicht sehn, worin eigentlich die Schwäche besteht die wir hier getroffen haben. –

Kunstgriff 35,

der sobald er praktikabel ist, alle übrigen entbehrlich macht: statt durch Gründe auf den Intellekt, wirke man durch Motive auf den Willen, und der Gegner, wie auch die Zuhörer, wenn sie gleiches Interesse mit ihm haben, sind sogleich für unsre Meinung gewonnen, und wäre diese aus dem Tollhause geborgt: denn meistens wiegt ein Loth Wille mehr als ein Centner Einsicht und Ueberzeugung. Freilich geht dies nur unter besondern Umständen an. Kann man dem Gegner fühlbar machen, daß seine Meinung, wenn sie gültig würde, seinem Interesse merklichen Abbruch thäte; so wird er sie so schnell fahren lassen, wie ein heißes Eisen, das er unvorsichtigerweise ergriffen hatte. Z. E. ein

Geistlicher vertheidigt ein philosophisches Dogma: – man gebe ihm zu vermerken, daß es mittelbar mit einem Grunddogma seiner Kirche in Widerspruch steht, und er wird es fahren lassen.

Ein Gutbesitzer behauptet die Vortrefflichkeit des Maschinenwesens in England, wo eine Dampfmaschine vieler Menschen Arbeit thut: man gebe ihm zu verstehn, daß bald auch die Wagen durch Dampfmaschinen gezogen werden werden, wo denn die Pferde seiner zahlreichen Stuterei sehr im Preise sinken müssen; – und man wird sehn. In solchen Fällen ist das Gefühl eines Jeden in der Regel: *»quam temere in nosmet legem sancimus iniquam«* [wie leichtsinnig stellen wir ein Gesetz auf, das gegen uns selbst spricht][13].

Eben so, wenn die Zuhörer mit uns zu einer Sekte, Gilde, Gewerbe, Klubb u.s.w. gehören, der Gegner aber nicht. Seine These sei noch so richtig; sobald wir nur andeuten, daß solche dem gemeinsamen Interesse besagter Gilde u.s.w. zuwider läuft; so werden alle Zuhörer die Argumente des Gegners, seien sie auch vortrefflich, schwach und erbärmlich, unsre dagegen, und wären sie aus der Luft gegriffen, richtig und treffend finden, der Chor wird laut für uns sich vernehmen lassen, und der Gegner wird beschämt das Feld räumen. Ja die Zuhörer werden meistens glauben aus reiner Ueberzeugung gestimmt zu haben. Denn was uns unvortheilhaft ist, erscheint meistens dem Intellekt absurd.

Intellectus luminis sicci non est etc. [vollständig: Der Intellekt ist kein Licht, das ohne Öl brennte, sondern er wird von den Leidenschaften genährt]. Dieser Kunstgriff könnte so bezeichnet werden »den Baum bei der Wurzel anfassen«: gewöhnlich heißt er das *argumentum ab utili.*

Kunstgriff 36.

Den Gegner durch sinnlosen Wortschwall verdutzen, verblüffen. Es beruht darauf daß

»Gewöhnlich glaubt der Mensch,
wenn er nur Worte hört,
Es müsse sich dabei doch auch was
denken lassen.«[14]

Wenn er nun sich seiner eignen Schwäche im Stillen bewußt ist, wenn er gewohnt ist mancherlei zu hören, was er nicht versteht, und doch dabei zu thun als verstände er es; so kann man ihm dadurch imponiren, daß man ihm einen gelehrt oder tiefsinnig klingenden Unsinn bei dem ihm Hören, Sehn und Denken vergeht, mit ernsthafter Miene vorschwatzt, und solches für den unbestreitbarsten Beweis seiner eignen Thesis ausgiebt. Bekanntlich haben in neuern Zeiten selbst dem ganzen Deutschen Publiko gegenüber, einige Philosophen diesen Kunstgriff mit dem brilliantesten Erfolg angewandt. Weil aber *exempla odiosa* sind, wollen wir ein älteres Beispiel nehmen aus *Goldsmith, Vicar of Wakefield,* Kap. 7.[15]

(der einer der ersten seyn sollte). Wenn der Gegner auch in der Sache Recht hat, allein glücklicherweise für selbige einen schlechten Beweis wählt; so gelingt es uns leicht diesen Beweis zu widerlegen, und nun geben wir dies für eine Widerlegung der Sache aus. Im Grunde läuft dies darauf zurück, daß wir ein *argumentum ad hominem* für eines *ad rem* ausgeben. Fällt ihm oder den Umstehenden kein richtigerer Beweis bei; so haben wir gesiegt. – Z.B. wenn Einer für das Daseyn Gottes den ontologischen Beweis aufstellt, der sehr wohl widerlegbar ist. Dies ist der Weg auf welchem schlechte Advokaten eine gute Sache verlieren: sie wollen sie durch ein Gesetz rechtfertigen, das darauf nicht paßt, und das passende fällt ihnen nicht ein.

Letzter Kunstgriff.

Wenn man merkt daß der Gegner überlegen ist und man Unrecht behalten wird; so werde man persönlich, beleidigend, grob. Das Persönlichwerden besteht darin, daß man von dem Gegenstand des Streites (weil man da verlornes Spiel hat) abgeht auf den Streitenden und seine Person irgend wie angreift: man könnte es nennen *argumentum ad personam*, zum Unterschied vom *argumentum ad hominem*: dieses geht vom rein objektiven Gegenstand ab, um sich an das zu halten, was der Gegner darüber gesagt oder zugegeben hat. Beim Persönlichwerden aber verläßt man den Gegenstand ganz, und richtet seinen Angriff auf die Person des Gegners: man wird also kränkend, hämisch, beleidigend, grob. Es ist eine Appellation von den Kräften des Geistes an die des Leibes, oder an die Thierheit. Diese Regel ist sehr beliebt, weil Jeder zur Ausführung tauglich ist, und wird daher häufig angewandt. Nun frägt sich welche Gegenregel hiebei für den andern

Theil gilt. Denn will er dieselbe gebrauchen, so wirds eine Prügelei oder ein Duell oder ein Injurienproceß.

Man würde sich sehr irren, wenn man meint es sei hinreichend selbst nicht persönlich zu werden. Denn dadurch, daß man Einem ganz gelassen zeigt, daß er Unrecht hat und also falsch urtheilt und denkt, was bei jedem dialektischen Siege der Fall ist, erbittert man ihn mehr als durch einen groben, beleidigenden Ausdruck. Warum? Weil wie Hobbbes sagt: *Omnis animi voluptas, omnisque alacritas in eo sita est, quod quis habeat, quibuscum conferens se, possit magnifice sentire de seipso* [Alle Herzensfreude und alle Heiterkeit beruhn darauf, daß man Menschen habe, im Vergleich zu denen man hoch von sich denken kann]. – Dem Menschen geht nichts über die Befriedigung seiner Eitelkeit und keine Wunde schmerzt mehr als die dieser geschlagen wird. (Daraus stammen Redensarten wie »die Ehre gilt mehr als das Leben« u.s.w.) Diese Befriedigung der Eitelkeit entsteht hauptsächlich aus der Vergleichung Seiner mit Andern, in jeder Beziehung, aber hauptsächlich in Beziehung auf die Geisteskräfte. Diese eben geschieht *effective* und sehr stark beim Disputiren. Daher die Erbitterung des Besiegten, ohne daß ihm Unrecht widerfahren, und daher sein Greifen zum letzten Mittel, diesem letzten Kunstgriff: dem man nicht entgehn kann durch bloße Höflichkeit seinerseits. Große Kaltblütigkeit kann jedoch auch hier aushelfen, wenn man nämlich, sobald der Gegner persönlich wird, ruhig antwortet, das gehöre nicht zur Sache, und sogleich auf diese zurücklenkt und fortfährt ihm hier sein Unrecht zu beweisen, ohne seiner Beleidigung zu achten, also gleichsam wie Themistokles zum Eurybiades sagt: παταξον μεν, ακουσον δε [schlage mich, aber höre mich]. Das ist aber nicht Jedem gegeben.

Die einzig sichere Gegenregel ist daher die, welche schon Aristoteles im letzten Kapitel der *Topica* giebt: Nicht mit dem Ersten dem Besten zu disputieren; sondern allein mit solchen die man kennt, und von denen man weiß, daß sie Verstand genug haben, nicht gar zu Absurdes vorzubringen und dadurch beschämt werden zu müssen; und um mit Gründen zu disputiren und nicht mit Machtsprüchen, und um auf Gründe zu hören und darauf einzugehn; und endlich daß sie die Wahrheit schätzen, gute Gründe gern hören, auch aus dem Munde des Gegners, und Billigkeit genug haben, um es ertragen zu können Unrecht zu behalten, wenn die Wahrheit auf der andern Seite liegt. Daraus folgt, daß unter Hundert kaum Einer ist, der werth ist daß man mit ihm disputirt. Die Uebrigen lasse man reden was sie wollen, denn *desipere est juris gentium* [unverständig sein ist Menschenrecht], und man bedenke was Voltaire sagt: *La paix vaut encore mieux que la vérité* [Der Friede ist mehr wert als die Wahrheit]: und ein Arabischer Spruch ist: »Am Baume des Schweigens hängt seine Frucht der Friede.«

Das Disputiren ist als Reibung der Köpfe allerdings oft von gegenseitigem Nutzen, zur Berichtigung der eignen Gedanken und auch zur Erzeugung neuer Ansichten. Allein beide Disputanten müssen an Gelehrsamkeit und an Geist ziemlich gleichstehn. Fehlt es Einem an der ersten, so versteht er nicht Alles, ist nicht *au niveau*. Fehlt es ihm am zweiten, so wird die dadurch herbeigeführte Erbitterung ihn zu Unredlichkeiten und Kniffen oder zu Grobheit verleiten.

Zwischen der Disputation in *colloquio privato sive familiari* und der *disputatio sollemnis publica, pro gradu* [feierliche, öffentliche Disputation zur Erlangung einer Hochschulwürde] u.s.w. ist kein wesentlicher Unterschied. Bloß etwa, daß bei letzterer gefordert wird, daß der *Respondens* allemal gegen den *Opponens* Recht behalten soll und deshalb nötigenfalls der *praeses* ihm beispringt; – oder auch daß man bei letzterer mehr förmlich argumentiert, seine Argumente gern in die strenge Schlußform kleidet.

NEBENBOGEN UND FUSSNOTEN

1 [1. Nebenbogen] (Dies ist der rechte Anfang der Dialektik) Logik und Dialektik wurden schon von den Alten als Synonyme gebraucht; obgleich λογιζεσθαι überdenken, überlegen, berechnen; – und διαλεγεσθαι sich unterreden, zwei sehr verschiedene Dinge sind. Den Namen Dialektik (διαλεκτικη, διαλεκτικη πραγματεια [dialektische Betätigung], διαλεκτικος ανηρ [dialektischer Mann]) hat (wie Diogenes Laertius berichtet) Plato zuerst gebraucht: und wir finden daß er im Phädrus, Sophista, Republik *lib.* 7 u.s.w. den regelmäßigen Gebrauch der Vernunft, und das Geübtseyn in selbigem darunter versteht. Aristoteles braucht τα διαλεκτικα im selben Sinne: er soll aber (nach Laurentius Valla) zuerst λογικη im selben Sinne gebraucht haben: wir finden

bei ihm λογικας δυσχερειας, *i. e. argutias* [logische Schwierigkeiten, d. h. Spitzfindigkeiten], προτασιν λογικην [logische Prämisse], αποριαν λογικην [logische Aporie]. – Demnach wäre διαλεκτικη älter als λογικη. Cicero und Quinctilian brauchen in derselben allgemeinen Bedeutung *Dialectica* und *Logica. Cic. in Lucullo: Dialecticam inventam esse, veri et falsi quasi disceptatricem.* [Die Dialektik sei gleichsam als Entscheiderin zwischen dem Wahren und dem Falschen erfunden worden.] – *Stoici enim judicandi vias diligenter persecuti sunt, ea scientia, quam Dialecticen appellant.* [Die Stoiker haben nämlich die Methoden des Urtheilens sorgfältig verfolgt, mit Hilfe derjenigen Wissenschaft, die sie Dialektik nennen.] *Cic. Topica,* c. 2. – Quinct. lib. XII, 2: *itaque haec pars dialecticae, sive illam disputatricem dicere malimus* [daher wird dieser Teil der Dialektik oder, wie wir so lieber sagen möchten, Entscheidungskunst …]: letzteres scheint ihm also das Lateinische Aequivalent von διαλεκτικη. (So weit nach *Petri Rami dialectica, Audomari Talaei praelectionibus illustrata.* 1569.) Dieser Gebrauch der Worte Logik und Dialektik als Synonyme hat sich auch im Mittelalter und der neuern Zeit, bis heute, erhalten. Jedoch hat man in neuerer Zeit, besonders Kant, »Dialektik« öfter in einem schlimmern Sinne gebraucht als »sophistische Disputirkunst«, und daher die Benennung »Logik« als unschuldiger vorgezogen. Jedoch bedeutet beides von Haus aus dasselbe und in den letzten Jahren hat man sie auch wieder als synonym angesehn.

[2. Nebenbogen] Es ist Schade daß »Dialektik« und »Logik« von Alters her als Synonyme gebraucht sind, und es mir daher nicht recht frei steht ihre Bedeutung zu sondern, wie ich sonst möchte, und »Logik« (von λογιζεσθαι, überdenken, überrechnen, – von λογος, Wort und Vernunft, die unzertrennlich sind) zu definiren, »die Wissenschaft von den Gesetzen des Denkens, d. h. von der Verfahrensart der Vernunft« – und »Dialektik« (von διαλεγεσθαι sich unterreden: jede Unterredung theilt aber entweder Thatsachen oder Meinungen mit: d.h. ist historisch, oder deliberativ), »die Kunst zu disputiren« (dies Wort im modernen Sinne). – Offenbar hat dann die Logik einen rein *apriori*, ohne empirische Beimischung bestimmbaren Gegenstand, die Gesetze des Denkens, das Verfahren der Vernunft (des λογοϛ), welches diese, sich selber überlassen, und ungestört, also beim einsamen Denken eines vernünftigen Wesens, welches durch nichts irre geführt würde, befolgt. Dialektik hingegen würde handeln von der Gemeinschaft zweier vernünftiger Wesen, die folglich zusammen denken, woraus sobald sie nicht wie 2 gleichgehende Uhren übereinstimmen, eine Disputation, d. i. ein geistiger Kampf wird. Als reine Vernunft müßten beide Individuen übereinstimmen. Ihre Abweichungen entspringen aus der Verschiedenheit die der

Individualität wesentlich ist, sind also ein empirisches Element. Logik, Wissenschaft des Denkens d.i. des Verfahrens der reinen Vernunft, wäre also rein *apriori* konstruirbar; Dialektik großen Theils nur *a posteriori*, aus der Erfahrungserkenntniß von den Störungen die das reine Denken durch die Verschiedenheit der Individualität beim Zusammendenken zweier Vernünftiger Wesen erleidet, und von den Mitteln welche Individuen gegen einander gebrauchen, um Jeder sein individuelles Denken, als das reine und objektive geltend zu machen. Denn die menschliche Natur bringt es mit sich, daß wenn beim gemeinsamen Denken, διαλεγεσθαι, d.h. Mittheilen von Meinungen (historische Gespräche ausgeschlossen) A erfährt daß B's Gedanken über denselben Gegenstand von seinen eigenen abweichen, er nicht zuerst sein eignes Denken revidirt um den Fehler zu finden; sondern diesen im fremden Denken voraussetzt: d.h. der Mensch ist von Natur rechthaberisch:

und was aus dieser Eigenschaft folgt, lehrt die Disciplin die ich Dialektik nennen möchte, jedoch um Mißverstand zu vermeiden »Eristische Dialektik« nennen will. Sie wäre demnach die Lehre vom Verfahren der dem Menschen natürlichen Rechthaberei.

2 Eristik wäre nur ein härteres Wort für dieselbe Sache. – Aristoteles (nach *Diog. Laert.* V, 28) stellte zusammen Rhetorik und Dialektik, deren Zweck die Ueberredung, το πιθανον, sei; sodann Analytik und Philosophie, deren Zweck die Wahrheit. – Διαλεκτικη δε εστι τεχνη λογων, δι ἧς ανασκευαζομεν τι η κατασκευαζομεν, εξ ερωτησεως και αποκρισεως των προσδιαλεγομενων. [Die Dialektik ist eine Kunst der Rede, durch die wir etwas widerlegen und beweisend behaupten, und zwar mittels Frage und Antwort der Unterredner.] *Diog. Laert.* III, 48 in *vita Platonis*. – Aristoteles unterscheidet zwar 1) die Logik oder Analytik, als die Theorie oder Anweisung zu den wahren Schlüssen, den

apodiktischen; 2) die Dialektik oder Anweisung zu den für wahr geltenden, als wahr kurrenten – ενδοξα, *probabilia* (*Top.* I c. 1 & 12) – Schlüssen, wobei zwar nicht ausgemacht ist daß sie falsch sind, aber auch nicht daß sie wahr (an und für sich) sind; indem es darauf nicht ankommt. Was ist denn aber dies anders als die Kunst Recht zu behalten, gleichviel ob man es im Grunde habe oder nicht? Also die Kunst den Schein der Wahrheit zu erlangen unbekümmert um die Sache. Daher wie Anfangs gesagt. Aristoteles theilt eigentlich die Schlüsse in Logische, Dialektische, so wie eben gesagt: dann 3) in eristische (Eristik), bei denen die Schlußform richtig ist, die Sätze selbst aber, die Materie, nicht wahr sind, sondern nur wahr scheinen, und endlich 4) in sophistische (Sophistik), bei denen die Schlußform falsch ist, jedoch richtig scheint. Alle 3 letzten Arten gehören eigentlich zur eristischen Dialektik, da sie alle ausgehn nicht auf die objektive

Wahrheit, sondern auf den Schein derselben, unbekümmert um sie selbst, also auf das Recht behalten. Auch ist das Buch über die Sophistischen Schlüsse erst später allein edirt: es war das letzte Buch der Dialektik.

3 Machiavelli schreibt dem Fürsten vor jeden Augenblick der Schwäche seines Nachbarn zu benutzen um ihn anzugreifen: weil sonst dieser einmal den Augenblick benutzen kann wo jener schwach ist. Herrschte Treue und Redlichkeit, so wäre es ein andres: weil man sich aber deren nicht zu versehn hat, so darf man sie nicht üben, weil sie schlecht bezahlt wird: – eben so ist es beim Disputiren: gebe ich dem Gegner Recht sobald er es zu haben scheint; so wird er schwerlich dasselbe thun, wann der Fall sich umkehrt: er wird vielmehr *per nefas* verfahren: also muß ich's auch. Es ist leicht gesagt, man soll nur der Wahrheit nachgehn ohne Vorliebe für seinen Satz: aber man darf nicht voraussetzen, daß der Andre es

thun werde: also darf man's auch nicht. Zudem, wollte ich, sobald es mir scheint er habe Recht, meinen Satz aufgeben, den ich doch vorher durchdacht habe; so kann es leicht kommen, daß ich, durch einen augenblicklichen Eindruck verleitet, die Wahrheit aufgebe um den Irrthum anzunehmen.

4 Und andrerseits ist er im Buche *de elenchis sophisticis* wieder zu sehr bemüht die Dialektik zu trennen von der *Sophistik* und *Eristik*: wo der Unterschied darin liegen soll, daß dialektische Schlüsse in Form und Gehalt wahr, Eristische oder Sophistische (die sich bloß durch den Zweck unterscheiden, der bei ersteren [Eristik] das Rechthaben an sich, bei letztern [Sophistik] das dadurch zu erlangende Ansehn und das durch dieses zu erwerbende Geld ist) aber falsch sind. Ob Sätze dem Gehalt nach wahr sind, ist immer viel zu ungewiß, als daß man daraus den Unterscheidungsgrund nehmen sollte: und am wenigsten kann der Dispu-

tirende selbst darüber völlig gewiß seyn: selbst das Resultat der Disputation giebt erst einen unsichern Aufschluß darüber. Wir müssen also unter Dialektik des Aristoteles Sophistik, Eristik, Peirastik mitbegreifen und sie definiren als die Kunst im Disputiren Recht zu behalten: wobei freilich das größte Hülfsmittel ist zuvörderst in der Sache Recht zu haben: allein für sich ist dies bei der Sinnesart der Menschen nicht zureichend und andrerseits bei der Schwäche ihres Verstandes nicht durchaus nothwendig: es gehören also noch andre Kunstgriffe dazu, welche, eben weil sie vom objektiven Rechthaben unabhängig sind, auch gebraucht werden können, wenn man objektiv Unrecht hat: und ob dies der Fall sei, weiß man fast nie ganz gewiß.

Meine Ansicht also ist, die Dialektik von der Logik schärfer zu sondern als Aristoteles gethan hat, der Logik die objektive Wahrheit, so weit sie formell ist, zu lassen: und die Dialektik auf das

Rechtbehalten zu beschränken: dagegen aber Sophistik und Eristik nicht so von ihr zu trennen wie Aristoteles thut: da dieser Unterschied auf der objektiven materiellen Wahrheit beruht, über die wir nicht sicher zum voraus im klaren seyn können: sondern mit Pontius Pilatus sagen müssen: was ist die Wahrheit? – denn *veritas est in puteo*: εν βυθῳ ἡ αληθεια [die Wahrheit steckt in der Tiefe]: Spruch des Democrit: *Diog. Laert.* IX, 72. Es ist leicht zu sagen, daß man beim Streiten nichts anderes bezwecken soll als die Zutageförderung der Wahrheit: allein man weiß ja noch nicht wo sie ist: man wird durch die Argumente des Gegners und durch seine eigenen irre geführt. – Uebrigens *re intellecta, in verbis simus faciles* [Ist die Sache richtig verstanden, wollen wirs uns mit Worten leicht machen]: da man den Namen Dialektik im Ganzen für gleichbedeutend mit Logik zu nehmen pflegt, wollen wir unsre Disciplin *Dialectica eristica, eristische Dialektik nennen.* –

[3. NEBENBOGEN] Aristoteles hat in den *Topicis* die Aufstellung der Dialektik mit seinem eignen wissenschaftlichen Geist äußerst methodisch und systematisch angegriffen und dies verdient Bewunderung, wenn gleich der Zweck, der hier offenbar praktisch ist, nicht sonderlich erreicht worden. Nachdem er in den Analyticis die Begriffe, Urtheile und Schlüsse der reinen Form nach betrachtet hatte, geht er nun zum Inhalt über, wobei er es eigentlich nur mit den Begriffen zu thun hat: denn in diesen liegt ja der Gehalt. Sätze und Schlüsse sind rein für sich bloße Form: die Begriffe sind ihr Gehalt.* – Sein Gang ist folgender. Jede Disputation hat eine Thesis oder Problem (diese differiren bloß in der Form) und dann Sätze die es zu lösen dienen sollen. Es handelt sich dabei immer um das Verhältniß von Begriffen zu einander. Dieser Verhältnisse sind zunächst 4. Man sucht nämlich von einem Begriff, entweder 1) seine Definition, oder 2) sein Genus, oder 3) sein Eigenthümliches, wesentliches Merkmal, *proprium*, ιδιον, oder 4) sein *accidens* d. i. irgend eine Eigenschaft gleichviel ob Eigenthümliches und Ausschließliches oder nicht, kurz ein Prädikat. Auf eins dieser Verhältnisse ist das Problem jeder Disputation zurückzuführen. Dies ist die Basis der ganzen Dialektik. In den 8 Büchern derselben stellt er nun alle Verhältnisse, die Begriffe in jenen 4 Rücksichten wechselseitig zu einander haben können, auf und giebt die Regeln für jedes mögliche Verhältniß; wie nämlich ein Begriff sich zum andern verhalten müsse um dessen *proprium*, dessen *accidens*, dessen *genus*, dessen *definitum* oder Definition zu seyn: welche Fehler bei der Aufstellung leicht gemacht werden, und jedesmal was man demnach zu beobachten habe, wenn man selbst ein solches Verhältniß aufstellt (κατασκευαζειν) und was man, nachdem der andre es aufgestellt, thun könne es umzustoßen (ανασκευαζειν). Die Aufstellung jeder solchen Regel oder jedes solchen allgemeinen Verhältnisses jener Klassen-Begriffe zu einander nennt er τοπος, *locus*, und giebt 382 solcher τοποι: daher *Topica*. Diesem fügt er noch einige allgemeine Regeln bei, über das Disputiren überhaupt, die jedoch lange nicht erschöpfend sind.

Der τοπος ist also kein rein materieller, bezieht sich nicht auf einen bestimmten Gegenstand, oder Begriff; sondern er betrifft immer ein Verhältniß ganzer Klassen von Begriffen, welches unzähligen Begriffen gemein seyn kann, sobald sie zu einander in einer der erwähnten 4 Rücksichten betrachtet werden, welches bei jeder Disputation statt hat. Und diese 4 Rücksichten haben wieder untergeordnete Klassen. Die Betrachtung ist hier also noch immer gewissermaßen formal, jedoch nicht so rein formal wie in der Logik, da sie sich mit dem Inhalt der Begriffe beschäftigt, aber auf eine formelle Weise, nämlich sie giebt an wie der Inhalt des Begriffs A sich verhalten müsse zu dem des Begriffs B, damit dieser aufgestellt werden könne als dessen *genus* oder dessen *proprium* (Merkmal) oder dessen *accidens* oder dessen Definition oder nach den diesen untergeordneten Rubriken, von Gegentheil αντικειμενον, Ursach und Wirkung, Eigenschaft und Mangel u.s.w.: und um ein solches Verhältniß soll sich jede Disputation drehen. Die meisten Regeln die er nun eben als τοποι über diese Verhältnisse angiebt, sind solche die in der Natur der Begriffsverhältnisse liegen, deren jeder sich von selbst bewußt ist, und auf deren Befolgung vom Gegner er schon von selbst dringt, eben wie in der Logik, und die es leichter ist im speciellen Fall zu beobachten oder ihre Vernachlässigung zu bemerken, als sich des abstrakten τοποϛ darüber zu erinnern: daher eben der praktische Nutzen dieser Dialektik nicht groß ist. Er sagt fast lauter Dinge die sich von selbst verstehn und auf deren Beachtung die gesunde Vernunft von selbst geräth. Beispiele: »Wenn von einem Dinge das

Genus behauptet wird, so muß ihm auch irgend eine Species dieses *genus* zukommen: ist dies nicht, so ist die Behauptung falsch: z. B. es wird behauptet, die Seele habe Bewegung; so muß ihr irgend eine bestimmte Art der Bewegung eigen seyn, Flug, Gang, Wachsthum, Abnahme u.s.w. – ist dies nicht, so hat sie auch keine Bewegung. – Also wem keine Species zukommt, dem auch nicht das *genus*: das ist der τοπος.« Dieser τοπος gilt zum Aufstellen und zum Umwerfen. Es ist der 9te τοπος. Und umgekehrt: wenn das Genus nicht zukommt, kommt auch keine Species zu: z. B. Einer soll (wird behauptet) von einem Andern schlecht geredet haben: – Beweisen wir, daß er gar nicht geredet hat; so ist auch jenes nicht: denn wo das *genus* nicht ist, kann die Species nicht seyn.

Unter der Rubrik des Eigenthümlichen, *proprium*, lautet der 215. *locus* so: »Erstlich zum Umstoßen: wenn der Gegner als Eigenthümliches etwas angiebt, das nur sinnlich wahrzunehmen ist; so ists schlecht angegeben: denn alles Sinnliche wird ungewiß sobald es aus dem Bereich der Sinne hinaus kommt: z. B. er setzt als Eigenthümliches der Sonne, sie sei das hellste Gestirn das über die Erde zieht: – das taugt nicht: denn wenn die Sonne untergegangen, wissen wir nicht ob sie über die Erde zieht, weil sie dann außer dem Bereich der Sinne ist. – Zweitens zum Aufstellen: das Eigenthümliche wird richtig angegeben, wenn ein solches aufgestellt wird, das nicht sinnlich erkannt wird, oder wenn sinnlich erkannt, doch nothwendig vorhanden: z. B. als Eigenthümliches der Oberfläche werde angegeben, daß sie zuerst gefärbt wird; so ist dies zwar ein sinnliches Merkmal, aber ein solches, das offenbar allezeit vorhanden, also richtig.« – Soviel um Ihnen einen Begriff von der Dialektik des *Aristoteles* zu geben. Sie scheint mir den Zweck nicht zu erreichen: ich habe es also anders versucht. *Cicero's Topica* sind eine Nachahmung der Aristotelischen aus dem Gedächtniß: höchst seicht und elend: *Cicero* hat durchaus keinen deutlichen Begriff von dem was ein *topus* ist und bezweckt, und so radotirt er *ex ingenio* [aus freier Erfindung] allerhand Zeug durcheinander, und staffirt es reichlich mit juristischen Beispielen aus. Eine seiner schlechtesten Schriften.

6 Oft streiten zwei sehr lebhaft; und dann geht Jeder mit der Meinung des Andern nach Hause: sie haben getauscht.

7 Nach Diogenes Laertius gab es unter den vielen rhetorischen Schriften des Theophrastos, die sämmtlich verloren gegangen, eine, deren Titel war Αγωνιστικον της περι τους εριστικους λογος θεωριας [Kampfbüchlein der Lehre von den Streitreden]. Das wäre unsere Sache.

8 widerspricht sie einer ganz unbezweifelbaren Wahrheit gradezu, so haben wir den Gegner *ad absurdum* geführt.

9 Die absichtlich ersonnenen Fälle sind nie fein genug, um täuschend zu seyn; man

muß sie also aus der wirklichen eignen Erfahrung sammeln. Es wäre sehr gut, wenn man jedem Kunstgriff einen kurzen und treffend bezeichnenden Namen geben könnte, mittelst dessen man, vorkommenden Falls, den Gebrauch dieses oder jenes Kunstgriffs augenblicklich verwerfen könnte.

10 *Sophisma a dicto secundum quid ad dictum simpliciter* [Trugschluß von einer relativ auf eine schlechthin gemeinte Aussage]. Dies ist des Aristoteles zweiter *elenchus sophisticus* εξω της λεξεως: – το απλως, η μη απλως, αλλα πη η που, η ποτε, η πϱος τι λεγεσθαι [Sophistischer Gegenbeweis unabhängig von der Diktion: daß man schlechthin, oder nicht schlechthin, sondern mit Rücksicht auf das Irgendwie oder Irgendwo oder Irgendwann oder in bezug auf etwas redet], *De sophist: elenchis,* c. 5.

11 Aristoteles' Ethik *Nicomach*, X, 2

12 Plato, *Der Staat*, IX

13 Horaz, *Saturae*, I

14 Goethe, *Faust*, I

15 »Recht, Frank!«, rief der Gutsherr; »möchte ich an diesem Glas ersticken, wenn nicht ein hübsches Mädel die ganze Priesterschaft in der Schöpfung wert ist. Was sind ihre Zehnten und Kniffe anders als ein aufgelegter Schwindel, ein ganz verteufelter Betrug? und ich kann es beweisen.« – »Ich wünschte, Sie würden es«, rief mein Sohn Moses; »und ich denke«, fuhr er fort, »daß ich im Stande sein werde, Ihnen zu entgegnen.« – »Vortrefflich, mein Herr«, rief der Gutsherr, der ihn ohne weiteres schraubte und der übrigen Gesellschaft winkte, uns auf einen Spaß vorzubereiten: »wenn Sie für eine kühle Erörterung über den Gegenstand sind, so bin ich bereit, die Forderung anzunehmen. Und zuerst: sind Sie für analogische oder dialogische Behandlung?« – »Ich bin für rationale Behandlung«, rief Moses, ganz glücklich, daß er die Möglichkeit zu disputieren fand. – »Gut«, rief der Gutsherr: »und erstlich, zum ersten, so hoffe

ich, werden Sie nicht leugnen, daß alles, was ist, ist: wenn Sie mir das nicht zugeben, kann ich nicht weitergehen.« – »Nun ja«, erwiderte Moses, »ich denke, das kann ich zugeben; und daraus den größten Vorteil ziehen.« – »So hoffe ich auch«, entgegnete der andere, »Sie werden zugeben, daß ein Teil kleiner ist als das Ganze.« – »Ich gebe auch das zu«, rief Moses: »es ist nur richtig und vernünftig.« – »Ich hoffe«, rief der Gutsherr, »Sie werden nicht leugnen, daß die drei Winkel eines Dreiecks zwei rechten gleich sind.« – »Nichts kann klarer sein«, erwiderte der andere und blickte mit seiner gewohnten Wichtigkeit um sich. – »Schön«, rief der Gutsherr, indem er sehr schnell sprach, »da die Prämissen also feststehen, gehe ich zu der Bemerkung über, daß die Verkettung von an sich seienden Existenzen, in einem wechselseitigen doppelten Verhältnis fortschreitend, naturgemäß einen problematischen Dialogismus hervorbringt, welcher in einem gewissen Grade beweist, daß die Essenz der Spiritualität auf das zweite Praedicabile zu beziehen ist.« – »Halt, halt«, rief der Andere, »ich leugne das. Glauben Sie, ich kann mich solch heterodoxen Lehrsätzen gefügig unterwerfen?« – »Was!« versetzte der Gutsherr wie in Erregung, »nicht unterwerfen! Beantworten Sie mir eine einzige klare Frage. Glauben Sie, daß Aristoteles recht hat, wenn er sagt, daß Relativa in Relation stehen?« – »Zweifellos«, entgegnete der andere. – »Wenn das ist, dann«, rief der Gutsherr, »antworten Sie mir genau auf meine Fragestellung: halten Sie die analytische Untersuchung des ersten Teils meines Enthymems für unzureichend secundum quoad oder quoad minus? und nennen Sie mir Ihre Prinzipien, und zwar auf der Stelle.« – »Das muß ich ablehnen«, rief Moses, »ich begreife nicht recht, was Ihre Erörterung beweisen will; aber wenn sie auf eine einzige einfache Behauptung zurückgeführt wird, so meine ich, dürfte sie eine Antwort finden«. – »O, mein Herr«, rief der

Gutsherr, »ich bin Ihr ergebenster Diener: aber ich bemerke, Sie wünschen von mir, daß ich Sie mit Argumenten versehe, und mit Verstand obendrein. Nein, mein Herr; da protestiere ich, Sie sind mir zu schwierig.« Dies erregte lautes Gelächter über den armen Moses, welcher als die einzige unglückliche Figur in einer Gruppe vergnügter Gesichter saß; er sprach auch keine einzige Silbe mehr während der ganzen Unterhaltung.

* ANMERKUNG ZUM 3. NEBENBOGEN

Die Begriffe lassen sich aber unter gewisse Klassen bringen, wie Genus und Species, Ursach und Wirkung, Eigenschaft und Gegentheil, Haben und Mangel, u. dgl. m.; und für diese Klassen gelten einige allgemeine Regeln: diese sind die *loci*, τοποι. – Z. B. ein *Locus* von Ursach und Wirkung ist: »die Ursach der Ursach ist Ursach der Wirkung«, angewandt: »die Ursach meines Glücks ist mein Reichthum: also ist auch der welcher mir den Reichthum gab Urheber meines Glücks.« *Loci* von Gegensätzen: 1) Sie schließen sich aus, z. B. grad und krumm. 2) Sie sind im selben Subjekt: z. B. hat die Liebe ihren Sitz im Willen (επιθυμητικον), so hat der Haß ihn auch. – Ist aber dieser im Sitz des Gefühls (θυμοειδες), dann die Liebe auch. – Kann die Seele nicht weiß seyn, so auch nicht schwarz. – 3) Fehlt der niedrigre Grad, so fehlt auch der höhere: ist ein Mensch nicht gerecht, so ist er auch nicht wohlwollend. – Sie sehn hieraus daß die *Loci* sind gewisse allgemeine Wahrheiten, die ganze Klassen von Begriffen treffen, auf die man also bei vorkommenden einzelnen Fällen zurückgehn kann, um aus ihnen seine Argumente zu schöpfen, auch um sich auf sie als allgemein einleuchtend zu berufen. Jedoch sind die meisten sehr trüglich und vielen Ausnahmen unterworfen: z. B. es ist ein *locus*: entgegengesetzte Dinge haben entgegengesetzte Verhältnisse, z. B. die Tugend ist schön, das Laster häßlich. – Freundschaft ist wohlwollend, Feindschaft übelwollend. – Aber nun: Verschwendung ist ein Laster, also Geiz eine Tugend; Narren sagen die Wahrheit: also lügen die Weisen: geht nicht. Tod ist Vergehn, also Leben Entstehn: falsch.

Beispiel von der Trüglichkeit solcher *topi*: Scotus Erigena im Buch *de praedestinatione cap:* 3, will die Ketzer widerlegen, welche in

Gott 2 *praedestinationes* (eine der Erwählten zum Heil, eine der Verworfnen zur Verdammniß) annahmen, und gebraucht dazu diesen (Gott weiß woher genommen) *topus:* »*Omnium, quae sunt inter se contraria, necesse est eorum causas inter se esse contrarias; unam enim eandemque causam diversa, inter se contraria efficere ratio prohibet.*« [Von allem, was einander entgegengesetzt ist, müssen die Ursachen einander entgegengesetzt sein; denn daß eine und dieselbe Ursache Verschiedenes und einander Entgegengesetztes bewirke, verbietet die Vernunft.] So! – aber die *experientia docet* [die Erfahrung lehrt], daß dieselbe Wärme den Ton hart und das Wachs weich macht, und hundert ähnliche Dinge. Und dennoch klingt der *topus* plausibel. Er baut seine Demonstration aber ruhig auf dem *topus* auf, die geht uns weiter nichts an. –

Eine ganze Sammlung von *Locis* mit ihren Widerlegungen hat *Baco de Verulamio* zusammengestellt unter dem Titel *Colores boni et mali.* – Sie sind hier als Beispiele zu brauchen. Er nennt sie *Sophismata.*

Als ein *Locus* kann auch das Argument betrachtet werden durch welches im *Symposium* Socrates dem Agathon, der der Liebe alle vortrefflichen Eigenschaften, Schönheit, Güte u.s.w. beigeleget hatte, das Gegentheil beweist: »Was einer sucht, das hat er nicht: nun sucht die Liebe das Schöne und Gute; also hat sie solche nicht.« Es hat etwas Scheinbares, daß es gewisse allgemeingültige Wahrheiten gäbe, die auf alles anwendbar wären und durch die man also alle vorkommenden einzeln noch so verschiedenartigen Fälle, ohne näher auf ihr Specielles einzugehn, entscheiden könnte. (Das Gesetz der Kompensation ist ein ganz guter *locus*.) Allein es geht nicht, eben weil die Begriffe durch Abstraktion von den Differenzen entstanden sind und daher das Verschiedenartigste begreifen, welches sich wieder hervorthut, wenn mittelst der Begriffe die einzelnen Dinge der verschiedensten Arten aneinandergebracht werden und nur nach den obern Begriffen entschieden wird. Es ist sogar dem Menschen natürlich beim Disputiren sich, wenn er bedrängt wird, hinter irgend einen allgemeinen *topus* zu retten. *Loci* sind auch die *lex parsimoniae naturae* [Gesetz der Sparsamkeit der Natur]; – auch: *natura nihil facit frustra* [die Natur macht nichts umsonst]. – Ja, alle Sprichwörter sind *loci* mit praktischer Tendenz.

Arthur Schopenhauer, geboren am 22. Februar 1788 in Danzig, schrieb seine »Eristik«, die von der »Kunst zu disputiren, und zwar so zu disputiren, daß man Recht behält« handelt, vermutlich zwischen 1819 und 1831. Die kurze Abhandlung stellt ein in sich geschlossenes Werk dar und wurde mehrmals abgeändert und überarbeitet. Daher existieren neben den acht Foliobogen noch ein ganzer und zwei halbe Nebenbogen. Die kleine Schrift wurde aber erst postum 1864 veröffentlicht.

Arthur Schopenhauer begründete den sogenannten »subjektiven Idealismus« und befehdete zeitlebens seinen Erzrivalen Friedrich Hegel. Aber auch auf J. G. Fichte und F. Schelling war er nicht gut zu sprechen. Als sein Hauptwerk zählt *Die Welt als Wille und Vorstellung*. Schopenhauer starb am 21. September 1860 in Frankfurt am Main.